JOÃO ANZANELLO CARRASCOZA

DE PAPO COM A NOITE

ILUSTRAÇÕES
LENINHA LACERDA

editora scipione

O menino tinha aprontado tantas malandragens durante o dia, que à noite estava superacordado e nem com reza brava dormia.

Rolava de um lado pro outro, punha-se no pé da cama, cobria a cabeça com o travesseiro, mas nada de encontrar o sono.

Falador como ele só, não parava quieto.

Começou então a procurar pelo quarto alguém pra conversar. Correu a vista ao redor e mirou o escuro, atrás da cortina.

— O que você faz aí, seu Escuro, tão quieto nesse canto? — perguntou o menino.

E o escuro respondeu, no meio da escuridão:

— Bem, cada escuro fica num canto e eu fico no meu. Toda noite cresço e apareço. Quanto mais a noite é noite, mais escureço. Tem criança que morre de medo de mim. Mas não faço mal a ninguém. Você não tem medo de mim, tem?

— Claro que não — respondeu o menino. — Imagine, eu ter medo do escuro! Gosto mais da luz do dia, é verdade. Mas também curto a noite e estou começando a gostar de você.

O escuro, todo cheio de si, falou do seu canto:

— Pois estamos em família. A gente é assim mesmo, veja: no começo da noite, vai chegando o escurinho. Mais tarde, aparece o escuro propriamente dito. E, à meia-noite, vem o escurão. Juntos, então, varamos a longa madrugada. No entanto, quando o Sol nasce, pronto: a nossa festa acaba. Aí a gente vai dormir debaixo da cama, dentro do guarda-roupa, em qualquer lugar onde não há claridade.

— E escuro também tem idade? — indagou o menino, intrigado.

— Sim, sim. Tem escuro jovem e escuro mais velho. Eu mesmo sou um escuro novo. Nasci outro dia, atrás desta cortina.

Enquanto conversavam, um carro passou na rua em alta velocidade. A luz dos faróis bateu na janela, iluminando o quarto. O escuro ficou branco de susto e parou de falar.

O menino deixou o escuro, silencioso, no seu canto, e tratou de procurar mais alguém pra conversar.

— Ei, dona Parede, é verdade que as paredes têm ouvidos? — quis saber o menino.

— É, sim — respondeu ela. — Ouvimos tudo o que as pessoas falam. Até pensamento, às vezes, escutamos.

— Mas vocês não falam. Falam?

— Claro que falamos. Não estou falando com você?!

— Está. Mas eu queria saber se vocês contam as conversas que ouvem dos outros.

— Não, isso não! Nunca contamos o que ouvimos! Não somos fofoqueiras!

— E por que ficam assim, de ouvido ligado?

— Porque não temos nada pra fazer. A gente passa o tempo todo parada no mesmo lugar. Aí, pra variar um pouco, nós ficamos de orelha em pé.

— Minha mãe diz que é feio escutar a conversa dos outros.

— É. Mas quem tem ouvidos deve fazer bons amigos.

— Vocês não se cansam, não, de tanta conversa fiada? — perguntou o menino.

A parede se fez de tonta e não respondeu nada.

Ele repetiu a pergunta, mas a parede continuou calada.

O menino foi até a janela e olhou pra Lua. À distância, ela sorria, bela e todinha cheia. Um dos raios de luar, todo atrevido, desceu e veio falar com o menino.

— Esperando o sono, garoto levado? — o raio perguntou.

— É. Mas ele não chega. Enquanto isso, já falei com aquele escuro ali e com aquela parede. Converse um pouco comigo.

— Bem, já que você está pedindo — disse o raio de luar —, vou conversar um tiquinho. Mas tem de ser rápido. A Lua vai andando pelo céu e logo vou mudar de posição. Vamos falar de quê?

— Meu pai diz que, na lua cheia, o rio é melhor pra pescaria — falou o menino. — Se você é mesmo um raio de luar, me responda: isso é verdade?

— Sim, é verdade! E sabe por quê? É que em noites de lua cheia o luar é forte. Então, os peixes sobem à superfície do rio pra cumprimentar a Lua. Fica mais fácil, portanto, pra quem gosta de pescar.

— E o que a Lua vai fazer no rio, tão tarde da noite?

— Ora, a Lua nasceu para clarear. E passa a noite clareando todos os cantos.

— Até o Japão? — perguntou o menino.

— Claro! Mas não agora. Porque agora é noite aqui e lá no Japão é dia. Outra coisa: você sabia que a lua minguante é boa pra cortar cabelo?

— Não — respondeu o menino. — Por quê?

— Porque o cabelo cresce mais forte. E tem mais. Vou desenhar rapidamente um quadro na parede pra você aprender as outras fases da lua e não esquecer mais.

Nova – Boa pra plantar batata e ter a mesa farta.

Crescente – Boa pra plantar margaridas e outras flores coloridas.

Cheia – Boa, boa mesmo pra pescar e pôr adubo no pomar.

Minguante – Boa pra cortar cabelo a fim de fortalecê-lo.

— Agora lá vou partindo, meu amigo, que a Lua não pode parar.

O menino continuou sem sono, debruçado na janela. Então percebeu no ar que um fio de fumaça vinha se aproximando, sem a menor cerimônia.

— Nossa, aí vem a fumaça — disse o menino pra si mesmo. — E onde tem fumaça, tem fogo! Será que há um incêndio aqui por perto?

A fumaça, quase invisível, respondeu, toda faceira:

— Eu venho de uma pequena fogueira, acesa no quintal do seu vizinho. Não se preocupe, é fogo de palha. Não há nenhum perigo. Estou só de passagem. Um raio de luar me disse que aqui havia um menino acordado.

— Estou esperando o sono, dona Fumaça — disse o menino. — Tem algo pra me contar?

— Depende do que você quer saber. Mas seja breve porque logo no ar eu me desfaço. Não se esqueça: sou fumaça!

— E você não se queima no fogo? — peguntou o menino.

— Não, não — respondeu ela. — O fogo se faz com labaredas. São criaturas amarelas, azuis e vermelhas. Se elas queimam algo, como papel ou madeira, eu apareço. Mas a mim não queimam.

— O fogo tem mesmo essas criaturas?

— Sim, mas não só o fogo. A água, o ar e a terra também possuem criaturas.

— Não estou entendendo muito bem — disse o menino.

— Eu explico — disse a fumaça. — É o seguinte: o fogo é feito de labaredas, como eu já falei. A água, por sua vez, tem outras criaturas. São as nereidas e as ondinas. Elas fazem a correnteza dos rios e as ondas dos oceanos.

— Como é mesmo? Nerúdias, ondinhas?

— Não. São nereidas e ondinas. Sem elas, a água não teria vida. E ninguém poderia viajar de navio.

— E o ar, que criaturas ele tem?

— O ar está cheio de arinas. E as arinas vivem de papo pro ar, levando novidades de um país a outro.

— Humm, já entendi! Mas, e as criaturas da terra? — perguntou o menino.

— São os duendes. Você já deve ter ouvido falar deles. Os duendes vivem nas cavernas e no interior da terra. Cuidam das sementes pra colheita ser mais produtiva.

— Puxa, que barato!

— Bem, foi um prazer conhecê-lo — disse a fumaça. — Agora preciso ir. Vou sumir no espaço. Até um dia, garoto!

O menino viu a fumaça desaparecer e se esparramou na cama. Ficou de barriga pra cima, a camisa do pijama aberta. Nesse instante, um vento safado atravessou a janela e se meteu pelo quarto adentro.

— Não está com frio, garoto? Que tal se cobrir com o lençol? — perguntou o vento, saracoteando-se todo.

— Prefiro ficar assim, à vontade — disse o menino.

— Pra mim você é só um vento morno. Me diga, de onde vem?

— Venho de longe, das montanhas. Estive brincando na floresta com as folhas que caem. Afinal, é outono!

— E como é lá nas montanhas? — o menino quis saber.

O vento respondeu, rodopiando:

— Lá é mais alto. Em noites iguais a esta, você vê bem de perto uma porção de estrelas, estalando no céu que nem pipoca.

— É mesmo?

— É, sim — falou o vento. — Desculpe-me, mas preciso ser bem ligeiro neste bate-papo. O sono está no meu encalço.

— O sono? — perguntou o menino, sobressaltado.

— Sim — disse o vento, ventarolando. — Sou como certas crianças. Vivo fugindo do sono. Porque, se ele me pega, não poderei ir amanhã cedo às montanhas. E, cá entre nós, se a gente dorme no ponto, a vida passa mais depressa.

— E pra onde você vai agora?

— Vou andar por aí, atrás de um sonho.

— Atrás de um sonho? Que tipo de sonho?

— Só existem dois tipos: aquele que você sonha dormindo e aquele que você sonha acordado.

— Sonhar dormindo, eu já conheço. Como é sonhar acordado?

— É fazer poesia.

— Poesia?

— Isso mesmo, poesia. Quando você sonha acordado, vê coisas invisíveis. Raios de luar, por exemplo, e o escuro nos cantos. Você ouve a voz das paredes e até conversa com a fumaça.

— Então, espere um pouco. Eu ando sonhando acordado?! — disse, em dúvida, o menino.

— Exato. E no seu sonho tudo parece real — disse o vento, risonho. — Mas, meu caro amigo, preciso ir em frente, que o sono já vem chegando — e, acariciando a barriga do menino, partiu ligeiro.

Nem bem o vento saiu, o menino ouviu um ruído na fechadura da porta. Percebeu que era o sono entrando, sorrateiro. Ao vê-lo, o menino fechou os olhos e se acomodou melhor na cama pra continuar a brincadeira.